La ninfa

Colección Historias Eróticas

Erika Sanders

La ninfa

Erika Sanders
Serie
Colección Historias Eróticas

Primera edición: 2025

Sinopsis

Un día lluvioso típico de fina lluvia.

Disfrutando de la lluvia nuestro protagonista acaba en un parque ya casi en la noche.

Pero no está solo, una dulce presencia, una ninfa se le aparece disfrutando también de la fina lluvia dejando su escasa ropa empapada...

La ninfa es una historia perteneciente a la colección Historias Eróticas, una serie de historias de alto contenido erótico.

También es una historia perteneciente a la colección Historias Fantásticas una serie que consta de novelas de Fantasía y Ciencia Ficción.

.

Nota sobre la autora:

Erika Sanders es una conocida escritora a nivel internacional, traducida a más de veinte idiomas, y que firma sus escritos más eróticos, alejados de su prosa habitual, con su nombre de soltera.

Índice

LA NINFA
ERIKA SANDERS

Era una típica lluviosa tarde de verano en Luisiana.

La lluvia era fuerte, empapando todo lo que había debajo en solo unos segundos.

Los truenos se alzaban arriba, y los relámpagos bailaban en el cielo, iluminando el mundo en ráfagas eléctricas y extáticas, y ocasionalmente una ráfaga de viento arrojaba un puñado de hojas en el aire.

En resumen, era una hermosa tarde.

Al menos eso pensé.

El aguacero venía después de un día caluroso y bochornoso ... uno de esos días en que se puede ver cómo se forman las nubes ... de hecho, ahora se podía ver una brizna ocasional de vapor rodando por los pavimentos de adoquines, así como bajando de la techos.

El agua caía en gruesas láminas.

Y las constantes ráfagas de viento hacían que los paraguas y otros refugios fueran inútiles.

Sin embargo, no impedía que la gente lo intentara, para mi diversión.

Los hombres corrían con periódicos empapados o con maletines sobre sus cabezas como si fueran una apariencia de protección.

Casi todos me miraban con el ceño fruncido mientras caminaba por las aceras, aparentemente contra la apresurada y esquiva multitud.

Estaba en el cielo.

Me encantaba este clima, no podía entender por qué otros huían de él.

Mi camiseta se aferraba a mi cuerpo alto y fibroso, al igual que mis jeans, y mi cabello castaño claro estaba pegado a mi cabeza (se veía mucho más oscuro ahora porque estaba mojado), pero no lo habría tenido de otra manera.

Mis gafas tenían pequeñas gotas que las cubrían, pero no me importaba ya que el agua corría tan rápido como se vertía.

Los payasos que corrían junto a mí parecían molestos porque no buscaba refugio como el resto de ellos.

Pero incluso si no me hubiera gustado el clima, no me habría escondido debajo de ningún periódico.

El daño ya estaba hecho (si se puede llamar así) con la primera explosión en el cielo.

¿Qué haría un periódico?

Ver sus payasadas era casi tan divertido como el clima estimulante.

Salté un poco mientras me dirigía calle abajo, y giré un poco para levantar la vista, y abrí la boca para saborear la lluvia.

Si fuera ácida, no podría saborearla, pero la lluvia siempre me sabía limpia, mejor que cualquier agua embotellada.

No tenía en mente ningún destino particular cuando salí de la cafetería, simplemente sabía que la exposición a los elementos era en donde quería estar.

Quería sentir la lluvia y el frío de una ráfaga de viento ocasional.

Incluso disfrutaba de la ocasional bofetada húmeda de una hoja lanzada en mi cara por el viento.

Si hubiera podido silbar, lo habría hecho.

Sin embargo, los labios demasiado húmedos tienden a no silbar.

El tarareo, sin embargo, era una buena posibilidad.

El parque resultó ser mi destino, y por un momento pude ver el por qué.

Posiblemente, otros podrían estar incómodos y asustados aquí por un clima como este.

La oscuridad del bosque era definitivamente poco atractiva, si no fuera por el relámpago ocasional.

Las sombras podrían haberme hecho evitarlo.

Entré y fui abofeteado por una repentina ráfaga de viento, aparentemente canalizado a través de los árboles ...

Me estremecí involuntariamente un momento, y consideré seriamente simplemente regresar por donde había venido ... pero luego, de repente, vino una ráfaga de viento que me siguió alrededor, y parecía casi acariciarme, acunarme.

Me quedé allí un momento, preguntándome si era mi imaginación ... en la brisa había captado un olor a jazmín o lila.

Las tormentas siempre me daban energía, me llenaban con una parte de la energía que azotaba las nubes o me convencía de que me estaban dando espectáculos de luz.

Sin embargo, en ese momento, sentí que una magia más potente estaba funcionando, atrayéndome ...

La oscuridad a menudo se iluminaba con destellos de relámpagos y el trueno se extendía por encima.

Me maravillé de las sombras, misteriosas y bailando en la luz intermitente, y me alegré de mi elección.

Las estatuas en el parque parecían vivas, al igual que los árboles.

Unos ojos aparecieron y desaparecieron.

Un rayo revelaba ocasionalmente las fuentes, una lechuza mojada y desordenada, un cuervo, un mapache o una mofeta.

A pesar del clima lluvioso, vi más animales que en un día soleado, y me pregunté qué los mantenía ocupados, cuando la mayoría estaría más feliz en un agujero en alguna parte ... parecían estar casi vigilando.

Fue entonces cuando la vi, una silueta azul, al principio, girando hacia adelante en la distancia.

Parpadeé, preguntándome si había visto algo en absoluto después de que ella se deslizara detrás de un árbol y desapareciera.

Entonces volví a ver la aparición.

Era una mujer, sin duda.

Sus curvas eran perfectas y se movía con una flexibilidad felina.

Era sin duda la criatura más deslumbrante que había visto en mi vida.

Me encontré moviéndome a la estatua más cercana, una gran interpretación de una musa griega, no porque necesariamente quisiera ser invisible, sino porque mis rodillas se habían debilitado.

Parecía humana, pero esa noche, estaba seguro de que no podía serlo.

Ella era una diosa, y yo estaba embelesado, completamente encantado.

Al igual que Perseo, no pude mirar hacia otro lado, seguro de que era un hombre condenado por entrometerse en el refugio de Medusa.

Ella era una diosa en mis ojos, sin duda.

Su piel era de un suave bronce dorado y sus ojos de un fascinante marrón oscuro, que pasó a ser casi negro durante el destello de un rayo que iluminó su forma de bailarina.

Llevaba el pelo pegado a la espalda mientras se movía, castaño oscuro, y el azul que había visto era su vestido de verano, también pegado, como una segunda piel.

Se pavoneaba, bailaba suave y sensualmente, ocasionalmente haciendo piruetas cuando un trueno resonaba en lo alto ...

Sus pezones, duros por el frío, y bien entrevisibles por la cómoda lluvia, sobresalían como si desafiaran a alguien a mirar, o tal vez, desafiando a alguien a mirar hacia otro lado...

Sus ojos se inclinaron levemente, haciéndome preguntar si tal vez había encontrado un elfo o una ninfa del bosque ...

Sus orejas estaban cubiertas por mechones oscuros de pelo empapado, por lo que no podía ver si eran puntiagudas, pero todo parecía ser completamente demasiado mágico para mí como para buscar una explicación mundana.

Sus labios eran suaves y llenos, y lamí la lluvia de mis labios, deseando nada más que saborearlos, sabiendo que saciarían mi sed actual mejor que cualquier líquido, incluso con esta dulce lluvia.

Su baile se volvió lento y sensual, y sus ojos exóticos se cerraron mientras inclinaba su cabeza hacia el cielo nublado de la noche, dejando que la lluvia cayera en sus labios abiertos, riendo como una chiquilla.

No había nada infantil en su cuerpo, o sus acciones, sin embargo, salvo tal vez una sensación de inocencia, de actuar por puro impulso.

Mientras bailaba, su vestido de verano había subido por sus muslos, casi hasta el punto de no dejar nada a la imaginación.

Sus manos vagaron hacia abajo mientras giraba, y agarró el material de tela agrupado, y tiró lentamente hacia arriba mientras bailaba y giraba ...

Vi la piel lechosa de sus nalgas, el suave rosa de su coño, totalmente afeitado para mi sorpresa, y luego la redondez de sus caderas, las curvas de su vientre ...

Sus senos no eran grandes, pero sí firmes y perfectamente formados, y sus pezones tan duros y rígidos como los borradores de lápices.

Bailaba sin cuidado, cantando suavemente para sí misma en un idioma que no conocía.

Sus manos vagaron por su cuerpo, mientras se movía, casi como si se estuviera lavando, pero más lenta y sensualmente.

Sus manos pronto comenzaron a centrar su atención en sus senos, y su voz adquirió un tono ronco mientras cantaba ...

Sus dedos rodaron sobre sus pezones, duros y erguidos, apretándolos y jugando con ellos.

Su canción fue interrumpida por un fuerte gemido, y su baile comenzó a disminuir, mientras comenzaba a moverse hacia la misma estatua en la que yo me escondía detrás, con los ojos entrecerrados y ajenos a todo menos a su propio placer.

Se volvió y se recostó contra la estatua, como si sus rodillas se hubieran debilitado.

Sus manos se movieron desde sus senos, bajando por su estómago, hasta el montículo desnudo debajo, y ya no pude ver lo que hacía desde mi ángulo de mi visión ...

Podía escuchar sus suaves gemidos, sus gritos de placer y sabía que no podía tardar en llegar.

No te resistas mucho más ... de hecho ya no.

Ella gimió continuamente, y yo me arriesgué a asomarme para mirar.

Sus dedos trabajaban en su clítoris mucho y cada vez más rápido ...

Fascinado, la miré, mirándole el coño, empapándose.

Líquido le goteaba por su pierna, que obviamente no agua, aunque el agua fluía por su cuerpo hacia ella.

Sus dedos bombeando húmedamente en su coño empapado, luego hacia su cara, torcida en una mueca de placer sensual, mientras ella comenzó a susurrar ...

"Oooh, fóllame ... sí ... oh dios bebé ... oh, fóllame duro ... sí ... oh sí ... ooooh ... "gemía.

Así que deslicé mi mano detrás de su cabeza, y la atraje hacia mí, apretando sus labios contra los míos, la lengua invadiendo su boca. ...

Ella respondió de inmediato, un agudo grito de lujuria animal escapó de sus labios, su lengua se metió en mi boca y deambuló hambrienta ...

Luego se puso rígida, y la vi, asustada, en mis ojos ... sus labios todavía contra los míos, pero sus dedos se detuvieron en su coño mojado.

Desconcertada, gimió ... alejándose y preguntando ...

"¿Quién ... cómo?"

Besé sus labios muy suavemente, y susurré suavemente ...

"No te lastimaré ... Solo quiero adorar a una diosa ..."

Mi mano se deslizó hacia su pecho, y pellizqué su pezón suavemente, y la reacción de ella me sorprendió en su ardor.

Se desplomó contra mí, un grito de placer escapó de mi toque, y sus labios aplastaron los míos, su pierna se deslizó alrededor de mi muslo, apretándose contra mí.

Mis dedos apretaron sus pezones nuevamente, y sentí la mano con la que antes se había estado masturbando furiosamente, apretando mi camiseta mojada.

Su otra mano agarró la parte de atrás de mi cuello mientras me besaba, sus largas uñas clavándose en mi piel ...

Comencé a rodar sus pezones, y tiré de ellos, y su cabeza se echó hacia atrás.

Ella gritó en voz alta, sus caderas comenzando para moler furiosamente contra mi muslo.

Podía sentir un calor repentino brotando sobre mi muslo, cuando sus gritos se volvieron agudos, su respiración se interrumpió, y ella se sacudió, sacudió y sacudió ...

Jadeando, finalmente me soltó y miró a mis ojos llenos de lujuria ...

"Tú ... estabas mirando ..."

No era una pregunta, era una declaración.

Asentí tontamente ...

"Dime eso otra vez ..." ronroneó, mirándome, expectante ...

Se mordió el labio, casi con timidez, y no tenía idea de lo que quería decir, pero no importó, las palabras que quería escuchar ya se derramaban de mis labios.

"Una diosa ... Oh, Dios ... mi diosa, quiero adorar a una diosa ..."

Como si me hubiera doblado bajo un gran peso, mis rodillas golpearon el suelo, y mis labios encontraron su coño, hambrientamente, con devoción.

En su sorpresa ante el asalto repentino, jadeó e intentó alejarse, agarrándome el cabello y tratando de separarme.

Pero pronto se encontró sacudiéndose al mismo tiempo que con mi lengua yo la empujaba, y gritando de placer una y otra vez.

Hasta que sentí una oleada de calor contra mi rostro ya mojado, y mi lengua saboreó el dulce almizcle salado de sus jugos ...

Gemí y continué lapeando, amando el sabor de ella, encontrando en su coño un paraíso personal, hasta que gruñó, un aullido desesperado, bajo el sonido de la lujuria animal.

Ella agarró mi cabello y tiró con fuerza, sacándome del calor de su hendidura, y empujándome bruscamente hacia atrás.

Así que caí con fuerza, mi espalda en el barro ...

Se paró sobre mí, mirándome.

En ese momento, un repentino relámpago asemejó mi reflejo a un espíritu vengador ...

Estaba casi asustado, hasta que ella casi susurró, medio gruñó.

"Mi turno ..."

Y de repente me montó a horcajadas, mientras buscaba desesperadamente mi cinturón, mientras ella me besaba profundamente ...

Casi me arranco la camiseta en mi prisa por sacarla, mientras ella tiraba furiosamente de mi cinturón, arrojándolo detrás de ella después de soltarlo, y luego hurgando con mis botones y la cremallera ...

Me incorporé para ayudarla, pero ella alejó mis manos y me empujó sobre mi espalda una vez más ...

Jadeé en voz alta mientras mi polla se liberaba ...

La miré algo avergonzado por el blanco que manchaba mis boxers ...

Ya me había corrido ... pero ella simplemente se rió gutural, agradecida, y agarró mi polla con fuerza, dándome una mirada que me dijo que no me atreviera a moverme ...

No lo hice, y no creo que pudiera haberlo hecho, ya que su boca envolvió mi polla, deslizándose profundamente por el miembro, la lengua moviéndose contra la parte inferior sensible de mi miembro palpitante, sus mejillas empujando hacia adentro cuando ella comenzó a chupar ...

Sus labios se deslizaron lentamente por mi polla, mientras chupaba suavemente ...

Y gemí en voz alta.

Su boca liberó mi polla dura como una roca con un fuerte estallido, y se lamió los labios, atrapando una cuerda de líquido preseminal que goteaba en el borde de su boca.

Ella me miró con hambre increíble.

Y continuó en serio, su boca reclamando mi polla, sus pequeñas manos rodeándola, y bombeando en tándem con su boca, arriba y abajo de mi miembro ...

No podía ver bien desde el ángulo en que yo estaba, y porque mi cabeza se sacudía de un lado a otro mientras gritaba de placer, pero creo que sus dedos una vez más trabajaron su coño ...

Ella gimió ruidosamente sobre mi polla, ocasionalmente dando gemidos y otras veces gritando, mientras chupaba y lamía.

Finalmente deslizando sus labios hacia la raíz de mi polla, sentí su garganta abrirse para acomodarme ...

Eso fue suficiente para mí, justo allí ... y gemí en voz alta.

"Oh dios ... oh hermosa ... oh diosa ... Estoy a punto de ... Oooh, ¡Dios mío, me estoy corriendo!"

Se echó hacia atrás un poco, pero me mantuvo su boca en mi polla, tragando furiosamente, mientras yo explotaba una y otra vez ...

Luego ella lamió todo el contorno de mi polla, lamiendo cada gota libre.

Frotando mi polla húmeda, caliente y dura, sobre sus labios, contra su mejilla, y en su boca nuevamente.

Dejándome sin aliento ... mientras ella gemía enterrando su rostro en mi vello púbico, besando y acariciando mis bolas suavemente ...

Me quedé allí unos momentos, al igual que ella, sonriéndola, un tanto tímido, pero ella con una sonrisa completamente desenfrenada ...

Al principio pensé que estaba tan relajada y agotada como yo, y que la sonrisa era de satisfacción, pero la forma en que comenzó a besar y acariciar mi polla de nuevo mientras yo descansaba se me hacía cada vez más difícil de ignorar, y cuando la volví a mirar, era obvio que ella ya lo sabía.

Ella acarició y lamió, besó y chupó la punta hasta que volví a estar duro, luego se movió, apartándose de mí ...

Me incorporé, sí, pero ella era rápida ...

Se puso de pie y comenzó a alejarse de mí, haciéndome señas con un dedo, su otra mano deslizándose por sus senos, mientras se balanceaba.

Bailó lentamente otra vez ...

Me reí y me quité los pantalones mientras caminaba y la comencé a seguir.

Se me secó la boca cuando se dio la vuelta y me mostró su delicioso culo blanco lechoso.

Se inclinó y luego se deslizó a cuatro patas, con el culo en el aire, un antebrazo medio sumergido en agua fangosa, los dedos de los pies y las rodillas también cubiertos.

Su otro brazo, otra mano, se deslizó por debajo, y extendió los labios de su coño, mirándome con una mirada suplicante y sensual.

Me moví detrás de ella, la rodeé con el brazo y presioné la cabeza de mi polla contra su raja ...

Ella gimió y presionó hacia atrás, pero la sostuve quieta ...

"Mi diosa", susurré "Dime tu nombre ... para que pueda adorarte para siempre ... "

Ella me miró y vi más que simple lujuria.

Ella sonrió ... y con voz temblorosa respondió:

"Samantha ..."

Empujé mi polla hasta la mitad dentro de ella ...

"Soy Peter, Samantha ... Quiero hacer esto otra vez ..." Empujé dentro de ella ... "y otra vez ..." haciendo una pausa, susurré, inclinándome un poco hacia ella para besar su cuello, y de nuevo susurré ... "y no solo esta noche ..."

Se estremeció y dejó escapar un gemido ...

Y comencé a moverme dentro de ella, empujando ... susurrando suavemente ...

"Samantha ... mi diosa ... oh mi dulce diosa ..."

Ella comenzó a gritar en voz alta, y mi nombre salió volando de sus labios ...

Supe que esta lluvia, que barría y dejaba limpio el parque, había sido testigo de algo especial ... la unión de dos almas en éxtasis.

FIN

EJECUTIVA CALIENTE: PRIMERA CITA
ERIKA SANDERS

CAPÍTULO 1

Entré en mi oficina de Boston el lunes por la mañana mientras los otros ejecutivos me ignoraban.

Había programada una reunión a las diez de la mañana para decidir quién debería encargarse de la apertura de la nueva oficina en Galveston, Texas.

Sabía que la competencia sería dura así que me había pasado semanas estudiando las debilidades de los otros tres ejecutivos que estaban siendo considerados.

Por ello le pedí a mi asistente que le escribiera una nota al vicepresidente senior de la corporación nacional de salud para la que trabajaba.

En el memorando describí que tenía el honor de ser la única mujer considerada para el puesto y, a diferencia de John, que estaba casado y tenía hijos en casa, yo era soltera y viajar no sería un problema.

Warren había superado el presupuesto asignado en la última apertura que hizo en Arizona.

Phillip, que tenía una apertura en su haber en San Francisco, tardó dos meses más de lo planeado y también superó el presupuesto.

Habiendo tenido la oportunidad de aprender de sus experiencias, expresé la necesidad de demostrar que podía hacerlo a tiempo y dentro del presupuesto si se me daba la oportunidad.

Mi asistente entregó el memorando al vicepresidente senior el viernes a última hora para que estuviera fresco en su mente el lunes por la mañana.

Sabía que era una jugada algo sucia, pero no me importaba.

Me vestí para la ocasión con una falda negra corta, una blusa azul de corte bajo con la cantidad adecuada de escote, una chaqueta de negocios negra a juego.

Completando el look con medias y zapatos negros.

Parecía inteligente y sexual cuando entré en la sala de juntas y tomé asiento.

El señor Nicholls, el vicepresidente senior, fue el último en entrar y tomó asiento en la cabecera de la mesa.

Abrió su cuaderno que contenía una hoja de papel y comenzó la conferencia.

Comenzó agradeciéndonos a todos por asistir y leyó su documento que reconocí de inmediato como mi memo.

Señaló cada detalle y anunció de quién había venido el memorando y que estaba satisfecho con mi honestidad e investigación y dijo:

"La apertura en Galveston se otorgará oficialmente a Erika".

El señor Nicholls agradeció a todos su presencia y postulado y me deseó la mejor de las suertes.

Le dije:

"No le decepcionaré".

Cuando salimos de la sala de conferencias, escuché los murmullos de Phillip:

"Qué perra despiadada".

"Es un mundo feroz el entorno corporativo y cada uno debe hacer su investigación para obtener lo que quiere". Pensé.

Caminé directamente a mi oficina y llamé a mi asistente que esperaba con anticipación.

Entró en mi oficina y preguntó:

"¿Y bien?"

Le conté todo al respecto, me besó y dijo:

"Saldré corriendo para traernos un almuerzo para celebrar".

"Tengo una mejor idea para celebrarlo." Dije mientras cruzaba mi oficina y cerraba la puerta con el pestillo.

Cuando me di la vuelta, sonreí cuando comencé a desabrocharme la blusa y volví a cruzar la oficina hacia ella.

Ella sonrió:

"Eres una perra traviesa". dijo seductoramente mientras también se desabotonaba su blusa.

En poco tiempo estábamos desnudas y comprometidas en un maravilloso sesenta y nueve en el sofá de mi oficina.

Acababa de cerrar mis labios alrededor de su clítoris cuando llamaron a mi puerta.

Rápidamente dije: "Estoy en una llamada".

Cindy comenzó a alejarse de mí, pero la sostuve por la cintura y empujé mi coño contra su cara.

Ella captó la indirecta y continuó mordisqueando mi clítoris de la manera más deliciosa.

Una voz femenina dijo que se trataba de Anne, la asistente de Phillip y que le gustaría verme.

Le dije: "Estaré allí cuando termine con mi llamada". Suspiré soltando a regañadientes las caderas de Cindy.

Cindy y yo nos reímos en silencio, nos vestimos y ella salió a buscar nuestro almuerzo.

Me dirigí a la oficina de Phillip y Anne me acompañó y cerró la puerta tras de mí.

Le pregunté:

"¿Necesitabas algo, Phillip?"

Él dijo:

"Sí, de hecho, lo necesito. Creo que me debes una disculpa a mí y a los demás por el trabajo sucio que hiciste para sabotear las posibilidades de todos los otros en el nuevo proyecto".

"Creo que necesitas madurar, Phillip. Escuché tu comentario cuando saliste de la sala de conferencias. Si ustedes hubieran hecho bien su trabajo, no habría sido tan fácil para mí tomar el puesto. No me disculparé. por tu apatía ". Dije, mirándolo a los ojos y luego dándole la espalda y cerrando la puerta detrás de mí, cortando cualquier respuesta que pudiera haber estado considerando.

CAPÍTULO 2

Aunque trabajaba principalmente con hombres, resistí la tentación de involucrarme sexualmente simplemente porque no quería traer ninguna emoción al lugar de trabajo y posiblemente arruinar mi carrera.

Preferí mantener las cosas profesionales con todos excepto con mi asistente Cindy.

Debido a mi horario de trabajo y mis viajes, no salía mucho ni me involucraba en relaciones.

Jugaba mis fantasías sexuales trabajando para una compañía de chat en línea para adultos como modelo de cámara web por la noche, una "Call Girl" virtual para hombres.

De todos modos, había fantaseado con que me pagaran por sexo durante años, por lo que también parecía una forma segura de cumplir ese deseo.

He estado charlando, masturbándome y exponiéndome a hombres de todo el mundo durante un par de años.

Entonces, una noche, Ralph entró en mi sala de chat y cambió mi vida.

Me abrió los ojos a un mundo nuevo.

Era un mundo de emoción, sexo en público y los posibles peligros de conocer a partir de mi cámara web a hombres en persona.

Ralph fue especial.

Fue el primero de muchos.

Inmediatamente me llamó la atención cuando se hizo cargo de la conversación en mi sala de chat, mientras que los otros hombres, que eran la multitud habitual que me seguía en línea, dejaron de escribir para ver cómo iba a desarrollarse esto.

Ralph era diferente de los demás de alguna manera y lo sabía.

Me trató con respeto y dignidad mientras era complementario y atento.

También se tomó el tiempo de conocerme, algo que nunca hubiera permitido que nadie más hiciera.

Nos divertimos juntos en línea.

Mi intenso interés en él me llevó a darle mi información de Skype durante una sesión privada pagada en línea para que pudiéramos conocernos mejor fuera de la sala de chat pública y privada pagada en la que estaba trabajando.

Llevarlo a un encuentro personal en internet no era algo que hubiera hecho antes.

Otros me lo pidieron varias veces, pero nunca di ninguna información ni llevé a nadie fuera del sitio de chat para el que trabajaba.

Podría ser peligroso.

Prefería interpretar a mi personaje, acabar y no involucrarme.

***

A medida que avanzaban los días y las semanas, intercambiamos direcciones de correo electrónico, números de teléfono e información de mensajería instantánea.

Continuamos jugando encuentros sexuales mientras aprendíamos sobre el trabajo del otro y los intereses de la vida privada.

Ninguno de nosotros había hecho algo así.

Ambos somos profesionales exitosos con mentalidad empresarial que trabajaban demasiado y no jugaban lo suficiente.

Internet parecía ser una excelente manera de tener juegos sexuales sin interrumpir nuestras carreras.

Este juego sexual me hizo pensar en cómo podría expandir mis necesidades sexuales y acercarme a mis hombres favoritos de la sala de chat sin ser demasiado personal.

Desarrollé mi propio sitio web para enviar a mis mejores clientes allá, lo que me permitió controlar a quién elegiría para recibir mi información personal.

El sitio para adultos para el que trabajaba me daría por terminada si me descubrieran dando información personal.

Advierten a los modelos de cámaras web de esto no solo por las obvias razones monetarias de la compañía, sino también por la seguridad de la modelo.

Mis necesidades sexuales eran más abrumadoras que mi propia seguridad personal en este momento porque la tensión sexual entre Ralph y yo aumentaba más y más cada día.

A pesar de los riesgos potenciales involucrados en conocer a un extraño, tomé la decisión consciente de reunirme en persona mientras trabajaba en la nueva oficina en Galveston, Texas durante las próximas dos semanas.

Pero nunca tenía pensado hacerle saber el nombre de la empresa para la que trabajaba ni los números de teléfono o direcciones de las oficinas en las que trabajaba.

Podría arruinar mi carrera profesional como ejecutivo si esto saliera a la luz.

CAPÍTULO 3

Habíamos decidido que nos reuniríamos el fin de semana en el Jamaica Beach Galveston Hotel.

Esto era perfecto para mí.

Estaba lo suficientemente lejos del centro de la ciudad, lejos de mi oficina de Galveston.

Cuando estábamos en Skype haciendo nuestros planes, me dijo que llegaría el sábado por la mañana en el vuelo de las once de la mañana. y acepté recogerlo en el aeropuerto principalmente para poder mantener el control.

Había fantaseado con esto muchas veces y finalmente iba a suceder.

No más sexo telefónico, Skype, mensajes de texto o correos electrónicos eróticos con imágenes sexualmente explícitas adjuntas.

Podría follarlo y que me la metiera por dónde quisiera.

Siempre me preocupaba que mi asistente, Cindy, de quien disfrutaba mucho sexualmente y en la que confiaba más que nadie, encontrara por casualidad algún correo electrónico en mi computadora, o me escuchara en mi teléfono celular personal teniendo sexo telefónico en mi oficina, o me pillara tomándome fotos con mi cámara digital que llevaba en mi bolso de negocios de marca todos los días.

Aunque era una asistente de confianza, también era una querida amiga de muchos años.

Sé que ella nunca le diría nada a nadie, pero no estaba segura de poder lidiar con la vergüenza.

Fuimos juntas a la universidad y le conseguí un trabajo en mi compañía después de su segundo hijo.

Estaba casada y tenía tres hijos y, aunque era educada y lo suficientemente inteligente como para hacer su trabajo, estaba completamente feliz de ser mi asistente.

Sin viajes y cenas nocturnas, era libre de criar a su familia y estar en casa todas las noches con su esposo e hijos.

CAPÍTULO 4

Pensé que nunca llegaría la tarde del viernes.

Con la idea de saber que Ralph, mi primera presa, llegaría a la mañana siguiente.

Me excitaba tanto que era difícil concentrarme.

Tenía una sonrisa en mi rostro todo el día y nadie podía entender por qué esta mujer de negocios dura y perra era hoy tan feliz.

El tiempo parecía moverse muy lentamente mientras miraba el reloj e intentaba completar mi trabajo y reuniones sin pensar en él en mi cabeza.

Fue una tortura, pero por fin terminé mi trabajo a las cinco y media y llamé a Cindy a nuestra oficina corporativa en Boston con los detalles de la semana laboral, prometiéndole los informes escritos el lunes por la mañana.

Decidí que era hora de ir a comprar ropa interior nueva para sorprender a Ralph cuando llegara.

***

Mientras compraba en varias tiendas de lencería en el área, entretenía una serie de fantasías sexuales en público.

Terminé comprando un slip de encaje negro con un borde azul oscuro que combinaría con mi vestido.

Junto con el slip compré conjuntos de ropa interior a juego de bragas finas de hilo y sostenes de media copa en tres esquemas de colores diferentes, uno de los cuales combinaba con el slip y el vestido.

Planeaba usar la nueva lencería debajo de un sexy vestido azul corto que combinaba con mis brillantes ojos azules cuando lo recogiera en el aeropuerto.

Sin embargo, sin mi conocimiento, Ralph había pasado su mañana planeando una sorpresa para mí.

CAPÍTULO 5

Estaba sentada en la playa el viernes por la noche relajándome en el aire nocturno después de un paseo por la playa cuando recibí un mensaje de texto de Ralph preguntando qué estaba haciendo.

Sonreí y le respondí que estaba sentada en la playa relajándome afuera del hotel.

Esperé a que me respondiera el mensaje de texto, pero no recibí nada más.

A los pocos minutos de haber presionado el botón de enviar, Ralph estaba parado delante de mí en la playa.

Vio mis ojos iluminarse acompañados de una sonrisa contagiosa.

Alcanzó mi mano para acercarme a él.

Podía sentir su creciente emoción presionando contra mí mientras me abrazaba con fuerza.

Las manos de Ralph pasaron lentamente de la parte baja de mi espalda a mis firmes glúteos mientras agarraba mi trasero con sus manos muy fuertes apretando mis nalgas y apretando mi pelvis aún más fuerte contra su cuerpo.

Envolví mis brazos alrededor de su cuello y él me levantó mientras envolvía mis piernas sedosas alrededor de su cintura.

Me besó con nostalgia y pasión.

Traté de preguntarle cuándo llegó y él me impidió hablar besándome otra vez y tumbándome en la playa.

Estaba en conflicto y excitada al mismo tiempo.

Se suponía que no debía estar aquí todavía.

¿Había cometido un error?

Ralph comenzó pasando suavemente sus manos sobre mi cuerpo y luego procedió a quitarse la camisa, la corbata y los pantalones.

Mientras nos acostamos en la playa llevando aun en mis pantalones cortos y la parte superior de mi bikini y Ralph con sus boxers, él desató la parte superior de mi bikini muy lentamente.

Luego me besó justo debajo de la oreja derecha mientras yo bajaba la mano por sus boxers para encontrar sus nalgas apretadas y frotarlas suavemente mientras nos besábamos largo y duro.

Me dolía el deseo por él y prácticamente le rogaba que me tomara allí mismo a la playa, pero Ralph continuó jugando conmigo al pasar su mano por mis pantalones cortos y frotarme en lugares que no habían sido tocados por un hombre en bastante tiempo

Luego deslizó sus dedos dentro de mí cuando comencé a acariciar su polla con mi mano suave y cálida.

Consumida por la lujuria, me había relajado y la idea de que él hubiera llegado una noche antes de tiempo se me olvidó momentáneamente.

Nuestros cuerpos estaban cubiertos de arena, y, sabiendo que queríamos más y más el uno del otro, agarramos nuestra ropa y entramos al hotel.

Ralph estaba en camiseta y boxers, y yo en pantalones cortos y top de bikini mientras nos dirigíamos hacia la habitación en el quinto piso.

El elevador estaba vacío, así que me inmovilizó contra la pared del mismo y me besó desde el cuello hasta los senos mientras me presionaba con fuerza.

Lo agarré por la cintura y mis manos se deslizaron hacia su trasero otra vez tirando de él hacia mí lo más fuerte que pude.

Noté que tenía un cuerpo firme y que estaba muy en forma.

Llegamos a nuestro piso y corrimos a la habitación.

Tan pronto como la puerta se cerró detrás de nosotros, sugerí una ducha para quitar la arena de nuestros cuerpos, pero Ralph no lo permitió.

Este fue otro giro de los acontecimientos para mí.

Estaba acostumbrada a tener el control por mi profesión de alto poder y había trabajado duro para asegurarme de tener este fin de semana bajo control, pero por alguna razón, rápidamente me vi atrapada en su lujurioso encanto y abandoné el control.

Me levantó y me llevó a la cama, donde rápidamente me quitó los pantalones cortos y con mi, irremediablemente mojado tanga y comenzó a besar mi cuerpo, acercándose cada vez más a la tierra prometida.

Jugueteó con su lengua y sentí cada aliento en mi clítoris mientras empujaba mis caderas hacia él rogándole que me comiera.

Mientras gemía de alegría y me levantaba para quitarle la camiseta.

Se puso de pie y rápidamente se quitó los boxers y los arrojó al suelo en un calor de pasión.

Me arrancó la parte superior del bikini de mi cuerpo exponiendo mis pezones erectos.

Con nuestros cuerpos desnudos rogando por ser uno, Ralph me montó y entró lentamente mientras me besaba en la boca mirándome profundamente a los ojos mientras le chupaba la lengua.

Mis uñas se clavaron en su espalda cuando comenzó a empujarme más profundo, más rápido y más duro.

Nuestro deseo de llegar al clímax juntos aumentaba por segundos.

Estaba alcanzando alturas de pasión con él que no había experimentado en mucho tiempo.

Tal vez fuera solo por el peligro de conocer a un extraño de Internet para tener relaciones sexuales.

No lo sabía y no me importaba en ese momento.

Era todo lo que me faltaba en mi vida sexual y me deleitaba en ello.

Ralph decidió que quería tomarme por detrás y me dio la vuelta rápidamente mientras me colocaba al estilo perrito al principio de la cama para permitirle pararse y entrar de nuevo aún más profundo que antes.

Poco a poco iba profundizando y acelerando mientras colocaba un pulgar en mi trasero.

"¡Oh, Ralph! ¡Ooohh, Dios! ¡Sí, córrete conmigo! ¡Me voy a correr!" Grité en el calor del momento.

Queriendo complacerme aún más, Ralph gruñó:

"¡Córrete de nuevo, Erika y yo me correré contigo!"

Él jugó más conmigo yendo lento y luego acelerando nuevamente todo el tiempo.

Y yendo lo más profundo posible dentro de mí.

Logré el orgasmo nuevamente cuando presionó su pulgar más profundamente dentro de mi trasero.

Mis fluidos orgásmicos ahora goteaban por mis muslos internos.

Ralph había llegado al punto de no retorno, pero quería mirarme a los ojos cuando llegáramos al clímax juntos por primera vez como lo habíamos discutido en nuestros correos electrónicos.

Así que inmediatamente me dio la vuelta sobre mi espalda e insertó su polla hinchada dentro de mí mientras miraba profundamente mis ojos azules.

"Ve bebé, ¡ven conmigo ahora!" él exclamó.

Grité su nombre y le dije:

"Ralph, estoy allí ¡Yaaa!"

Cuando nos miramos a los ojos y sucumbimos juntos al orgasmo por primera vez, me llenó del regalo que me había estado guardando.

No era necesario pronunciar palabras mientras miraba sus profundos ojos marrones.

Cuando nos acostamos en los brazos del otro arenosos, empapados de sudor y cubiertos con nuestros fluidos sexuales, decidimos que a continuación era necesaria una ducha refrescante.

CAPÍTULO 6

El fin de semana tuvo un gran comienzo y estaba tan feliz de haber reservado la suite con balcón con vista al Golfo de México.

Me aseguré de que fuera la mejor suite que tenían con una gran ducha y una bañera de hidromasaje que me permitía el espacio.

Antes de que Ralph se fuera a duchar, llamó al servicio de habitaciones para pedir vino y un plato de queso y fruta.

Tomé mi bata corta de seda del armario y fui al balcón a buscar un cigarrillo muy necesario después de mi primera conquista sexual por Internet.

Miré a mi alrededor y vi que no había nadie más en ninguno de los balcones circundantes.

Todavía me sentía un poco traviesa, así que permití que la túnica se abriera de par en par cuando estaba parada en la barandilla, exponiendo todo mi cuerpo a cualquiera que mirara hacia arriba.

Mientras me sentaba en el aire fresco de la noche con la brisa que parecía venir del Golfo específicamente para satisfacer el calor de mi cuerpo, decidí que me gustaba esta vida sexual secreta.

Aunque, no pude evitar preguntarme si se presentaría más veces.

Se suponía que esto era un encuentro sin ataduras, pero de alguna manera tuve la sensación de que había algo más.

No quería nada más que una cita sexual.

Disfruté jugando en Internet con Ralph por Skype, pero rápidamente me di cuenta de que tal vez yo no era la cazadora.

¿Me había buscado o fue una reunión casual en mi sala de chat en línea?

Pero quería elegir a mi próxima presa de Internet con mucho cuidado y volver a hacer esto.

Ralph pagó en efectivo por el servicio de habitaciones y trajo su elección de vino y bocadillos al balcón para unirse a mí.

Él sonrió cuando se dio cuenta de que estaba esencialmente desnuda en el balcón.

Me entregó una copa de vino y se aseguró de que tuviera todo lo que necesitaba.

No quería que me mimaran, solo quería sexo.

Sentí que estaba perdiendo el control del fin de semana que se suponía que estaba lleno de sexo lujurioso, descanso y relajación de la carrera diaria de tiburones en la que trabajaba.

Me besó en la mejilla suavemente:

"Entonces, ¿te arrepientes?" preguntó.

"No, no, claro que no". Dije.

"Eso está bien. ¿Estás lista para tu ducha?" preguntó.

Todavía sorprendida de mí mismo por conocer a alguien de Internet en persona, le dije:

"Ve y báñate primero, me voy a sentar aquí y disfrutar de otro cigarrillo en esta maravillosa brisa del mar por un tiempo más".

"Ok. Intentaré no usar toda el agua caliente". dijo, riéndose mientras volvía al baño.

Encendí otro cigarrillo mientras sonreía a lo que había hecho.

Una simple aventura de fin de semana que no iría más lejos y pasaría a la siguiente.

Después de mi ducha, me uní a él en la cama.

Terminamos nuestro vino, fruta y queso y luego nos quedamos dormidos en los brazos del otro en nuestra primera noche juntos, piel sobre piel.

CAPÍTULO 7

Nos despertamos al amanecer. Ralph me acariciaba ligeramente mientras admiraba mi cuerpo a la luz del día.

Estaba hambriento de las aventuras de la noche anterior.

"Bajemos al patio a desayunar". Sugerí, tratando de restablecer el control de la situación.

"Eso suena genial, pero tendré que ir a buscar mi ropa a mi auto. Estuve tan caliente por ti anoche que dejé mi maleta en el auto cuando llegué e inmediatamente te busqué. Conseguiré ropa y ya vuelvo ". Dijo, con una sonrisa que hizo que mi coño volviera a temblar.

Nunca me había encontrado con un hombre que pudiera hacerme eso con solo una mirada.

Me recordó cuán cuidadosa tendría que ser con este hombre.

Se puso el pantalón y la camisa para ir a buscar la maleta y tomó la llave de la habitación.

Mientras se iba, saqué la lencería que había comprado especial para este fin de semana y me la puse.

Me puse también el vestido azul antes de que él volviera.

Cuando me estaba terminando de arreglar el pelo y el maquillaje en el baño, Ralph regresó y comenzó a cambiarse.

Salí del baño para ponerme las medias y los zapatos.

Él estaba vestido elegantemente con pantalones caqui, camisa, corbata y mocasines.

En el momento en que me vio, pude ver en sus ojos que me quería poseer de nuevo.

Él preguntó:

"Erika, ¿cómo voy a salir así a desayunar?"

Simplemente respondí mientras rozaba el bulto que crecía rápidamente en sus pantalones:

"No lo hagas así".

Lo besé suavemente y procedí a ponerme las medias y los zapatos negros para que pudiéramos ir a comer.

Me agarró del brazo cuando alcancé mi bolso y me volvió hacia él.

Vi lujuria en sus ojos.

Me detuve sorprendida por su acción y le pregunté:

"¿No estás listo para ir?"

Él sonrió y dijo:

"No puedo salir de la habitación con esta enorme erección".

Le dije:

"Oh, pero querrás".

Le sonreí y lo tomé de la mano mientras salíamos juntos de la habitación.

CAPÍTULO 8

Cuando llegamos abajo para el desayuno, el maître nos acompañó a través del vestíbulo del hotel, luego afuera y bajando por una acera hasta una mesa privada.

La mesa estaba lista para nosotros.

Estaba equipada con una sombrilla, un bonito mantel, decorado con cubiertos, platos y vasos.

Ralph sacó mi silla por mí.

Me siento y espero a que tome asiento.

El maître tomó nuestros pedidos de bebidas y se fue a buscarlos.

Pedí jugo de naranja y café.

Ralph ordenó lo mismo.

El jugo estaba frío y refrescante.

Ralph cogió su jugo de naranja, levantó su vaso y dijo:

"Aquí está el comienzo de un día maravilloso".

Levanté mi vaso hacia atrás y sonreí.

Estaba empezando a preguntarme qué estaba haciendo.

Tenía una mirada traviesa en los ojos.

El maître regresó con una variedad de bagels, queso crema, cruasanes y mantequilla y tomó nuestro pedido.

Pedí unos huevos revueltos, papas y tocino como desayuno.

Ralph ordenó una tortilla de clara de huevo con jamón y queso y el maître se fue nuevamente.

Mientras me sentaba allí vestida con mi lencería que al final no había visto y el vestido azul que había planeado usar para recogerlo en el aeropuerto, no pude evitar repetir en mi mente la fantasía y los detalles que había elaborado para cómo deberían haber ido los sucesos del fin de semana.

Se suponía que debía llegar temprano al aeropuerto, donde me encontraría esperándolo.

Él caminaba rápidamente hacia mí y dejaba caer su maleta a mi lado y nos abrazábamos con un beso largo y ardiente.

Me encontré excitada y al mismo tiempo decepcionada de que no hubiera salido como lo había planeado en mi cabeza.

Me había tomado un tiempo especial para planificar todo perfectamente para mi primera presa.

"Sabes, tenía una sorpresa planeada para ti para cuando te recogiera en el aeropuerto hoy". Dije seductoramente.

"¿Es así? ¿Estás diciendo que no debería haberte sorprendido anoche?" preguntó juguetonamente.

"Oh, eso no es lo que digo, no. ¿Qué pasó con esa sorpresa de tu llegada tan temprana?" Yo pregunté.

"Estaba sentado en mi oficina ayer por la mañana, con previsión de pasar un largo día de reuniones aburridas e intentando no pensar en ti. Rápidamente me di cuenta de que era inútil y sabía que no haría nada productivo con tu cuerpo en mis pensamientos. Hice que mi secretaria reprogramara todo mi día y cambiara mis planes de vuelo. ¿Está bien que llegara temprano? ¿No te gustó anoche? " preguntó.

Oh, señor, tenía esa sonrisa de nuevo.

Era arrogante, muy arrogante, seguro de sí mismo y sexy como el infierno y sí ... ahí va mi coño, comenzando a babear por mi asiento, una vez más.

Decidí que, si iba a pasar el desayuno caliente, él también.

Era hora de que le echara un vistazo a su sorpresa.

Lentamente moví mi trasero un poco hacia adelante en mi asiento, tirando de mi falda un poco más arriba de mis piernas.

Abrí las piernas lo suficiente como para asegurarme de que hubiera una gran vista debajo de la mesa, especialmente a la luz del sol.

Miré a mi alrededor y me aseguré de que nadie nos mirara.

"¿Por qué no dejas caer la servilleta en el suelo y echas un vistazo a parte de tu sorpresa?" Sugerí con una sonrisa sexy y señalando a mi cintura.

Él sonrió.

"Mi querida Erika, eres una chica muy traviesa" dijo mientras tiraba muy accidentalmente su servilleta de la mesa.

Para mi horror, el maître apareció de la nada y comenzó a agacharse para recogerla él.

Me las arreglé para llamar su atención y sacudir mi cabeza sin suplicar.

De alguna manera se dio cuenta inmediatamente y desapareció antes de que Ralph se diera cuenta de que estaba allí.

"Maldición, ese tipo debe ser psíquico o algo así. Tendré que recordar darle propina más tarde". Pensé mientras Ralph miraba entre mis piernas y veía bragas sin entrepierna enmarcando un coño muy húmedo.

Sabía que había llegado verlo porque se golpeó la cabeza al volver a sentarse.

Ralph sin poder esperar más preguntó:

"¿Te gustaría volver a la habitación del hotel y prepararte para divertirte en la playa?"

Sonreí y dije:

"Por supuesto que sí".

CAPÍTULO 9

Llegamos a la habitación una vez más y estaba ansiosa por mostrarle a Ralph la lencería que había comprado, especial para este fin de semana.

"Ralph, ¿serías amable y me ayudarías a quitarme este vestido para que pueda prepararme para esa diversión en la playa?" Le pregunté dulcemente mientras le daba la espalda y levantaba mi cabello para que él pudiera desabrochar el vestido.

"¿Qué jodida playa?" gruñó mientras abría la cremallera y me quitaba el vestido.

Se maravilló del hermoso sostén corto con cordones negros con ribete azul y tanga a juego.

Me hizo girar y pasó sus manos por mi cuerpo hasta mis caderas, tirando el encaje deslizándose por mis piernas.

Dio un paso atrás y admiró mi lencería por unos momentos antes de quitármela.

Me paré frente a él desnuda, por un momento, luego lo empujé contra la pared y comencé a desnudarlo.

Lentamente le quité la corbata y mientras la mantenía en mi mano abrí su camisa mientras los botones volaban al piso.

Me presioné contra él, besándolo mientras pasaba mis manos arriba y abajo por su musculoso pecho.

Luego me detuve cuando él me vio tomar su corbata y colocarla alrededor de mi cintura atándola en un nudo sabiendo que la guardaría como recuerdo de mi primera conquista de Internet.

Desnuda ante él con solo su corbata encima de mí, me agarró y me llevó a la cama, donde seguí desnudándolo lentamente mientras se quitaba los zapatos.

Le desabroché el cinturón y lo deslicé a través de los lazos y de su cuerpo al suelo.

Le desabotoné los pantalones y se los quité mientras dejaba sus boxers en su lugar.

Después de dejar caer sus pantalones al suelo, volví a sus boxers.

Deslicé mis dedos debajo de la cintura elástica y los tiré hacia abajo dejando al descubierto su polla erecta.

Agarró la corbata alrededor de mi cintura y me colocó sobre mi espalda y, con los ojos cerrados.

Entró de nuevo en mi húmeda y acogedora vagina.

Golpeándome rápidamente, lo desaceleré y lo hice rodar sobre su espalda donde podía deslizarme sobre su polla y controlar cuándo le permitiría correrse.

Me tomé mi tiempo para montarlo, desmontarlo para jugar con su cabeza, y montarlo de nuevo hasta que sujeté sus brazos a los costados y lo follé rápido y fuerte hasta que los dos nos corrimos.

Después de disfrutar del intenso sexo, me puse mi bikini y mis pantalones cortos.

Mientras Ralph se ponía sus pantalones cortos y su camiseta para que pudiéramos ir a la playa, ambos mojados y con olor a sexo.

Ralph hizo que el encargado del hotel pusiera dos sillas de playa y una sombrilla para nosotros.

Puse nuestras toallas y mi bolso de playa en una de las sillas y caminamos hacia la playa.

Hablamos de toda la diversión que tuvimos antes de este fin de semana.

A medida que avanzamos, hablamos sobre su trabajo, deportes y todas las cosas que nos gusta hacer en nuestro tiempo libre.

Era demasiada información, pero todo se iría por la mañana.

En ese momento aprendí que todo un fin de semana era demasiado largo para un encuentro sexual lujurioso.

CAPÍTULO 10

Comenzamos a caminar de regreso a nuestras sillas para poder pedir algunas bebidas y almuerzo.

Primero pedimos nuestras bebidas y las disfrutamos mientras contemplamos la arena, el sol y las olas bajo la sombra de nuestra sombrilla.

Después de nuestro almuerzo, ambos nos quedamos dormidos en nuestras sillas.

Había sido una larga semana de trabajo y una noche y día de pasión.

Cuando desperté, noté que Ralph todavía estaba durmiendo, así que decidí darme un chapuzón en el agua.

Me quité los pantalones cortos, me levanté y caminé hacia el agua sola en bikini pensando en cómo iba a terminar esto ya que era la primera vez que lo hacía.

¿Era yo una viuda negra?

Después de acostarte conmigo, obtienes el beso de la muerte.

Se acabó y nunca te volveré a ver.

Mientras mis pies comenzaban a tocar el agua, decidí que así era como debía ser.

Disfruté de estar sola en el agua mientras vigilaba de cerca a Ralph, que estaba empezando a despertarse en una silla vacía junto a él y en una playa que se estaba convirtiendo rápidamente en desierta.

Salí del agua con los ojos de Ralph pendientes sobre mí.

Cuando me acerqué a él, me quité la parte superior de mi nuevo bikini y la arrojé a la arena junto a una bolsa de playa.

Sin apartar sus ojos de mí, se puso de pie y buscó la abertura de su pantaloncito, y lo bajó sobre sus caderas y piernas.

Pateó el pantaloncito para unirse a mi blusa desechada. Pude ver su polla expandiéndose, engrosándose a medida que la sangre subía a su polla.

Se dirigió hacia mí, pero agarré las toallas de playa y corrí hacia las dunas y una zona aislada cercana.

Me siguió, con los pies golpeando la arena, hasta que subió sobre una gran duna de arena, solo para encontrarme sentada sobre las grandes toallas fuera de la vista de las olas.

Ralph se sentó a mi lado y extendió la mano hacia uno de mis senos firmes, con su pezón fuertemente fruncido.

"Oh Dios, Ralph, te necesito ..." pero nunca pude terminar lo que estaba diciendo mientras hundía su boca en la mía en una fusión apasionada de nuestros labios.

Me estiré sobre las toallas, moviendo alternativamente mis piernas hacia adelante y hacia atrás sobre ellas.

Se dejó caer entre mis muslos abiertos y se inclinó para plantar un beso firme en el centro de mi montículo púbico.

Inhalé bruscamente y acerqué mis largas y suaves piernas a mi pecho, dándole acceso completo a mi entrepierna abierta.

Se deslizó más bajo y usó su lengua para abrir mis húmedos labios, solo para buscar mi clítoris hinchado.

Él movió el gordo brote lleno de sangre de lado a lado, antes de atraer mi clítoris a su boca.

Su succión cada vez mayor en mi clítoris rápidamente me llevó a las alturas del máximo placer, y sacudí y arañé las toallas de playa y la espalda de Ralph mientras repetidamente alcanzaba picos de placer cada vez más altos.

Rápidamente, Ralph estaba arriba y encima de mí, arrastrando su polla dura y pesada a lo largo de mis muslos firmes y suaves.

Reconocí su necesidad de inmediato y grité:

"¡Tómame, cariño! Empuja esa gran polla dentro de mí. Dios, estoy tan mojada por ti".

Ralph respondió suavemente

"Todavía no, Erika. Necesito una buena chupada primero. Quiero sentir tus hermosos labios a todo mi alrededor".

Ralph subió sobre mi estómago y mi pecho y se sentó ligeramente sobre mis senos firmes, usando sus rodillas y músculos de los muslos para absorber el peso de su cuerpo.

Puso su gruesa polla en mi barbilla y observó cómo sus fluidos transparentes se escapaban de la cabeza de su pene para cubrir mis labios brillantes.

Saqué la lengua y él puso su polla a lo largo de ella.

Suavemente acarició mi línea de la mandíbula cuando cerré la boca, formé un sello apretado alrededor de su polla y comencé a amamantarla.

Su cabeza retrocedió y sus ojos se cerraron ante la exquisita sensación derivada de mis increíbles talentos para chupar.

No me podía meter la mayor parte de su gran polla en mi boca en esa posición, así que suavemente lo empujé de mi pecho y lo puse a mi lado, sin romper el contacto con el objeto de mi deseo.

Estando de lado, pude engullir la mayor parte de su polla y gradualmente empujó todo su pollón en mi boca.

Resoplaba y resoplaba mientras trataba de respirar y chupar sus gruesos veinte centímetros al mismo tiempo.

Ralph se dio cuenta de mi lucha y retrocedió, pero murmuré y agarré sus bolas cargadas lo suficientemente fuerte como para detener sus movimientos hacia atrás.

Tenía la intención de que él mantuviera su polla profundamente en mi garganta, pero el repentino giro de sus sensibles testículos desencadenó su poderoso orgasmo.

De repente me encontré lidiando con una boca y garganta llenas de polla y una erupción de esperma espeso y cremoso.

Él retrajo su polla escupidora y observó, fascinado, cómo comencé a agitar sus fluidos alrededor de mi boca abierta con mi lengua.

Pero aún no había terminado; su polla disparó dos ráfagas adicionales de semen en mis labios y mejillas.

Me observó cerrar la boca y, anticipando que estaba a punto de tragar, me tocó los labios con los dedos y me untó el semen.

Me miró a los ojos inquisitivos y negó con la cabeza sonriendo de un lado a otro, esperando en silencio que tragara.

Mis ojos se abrieron cuando acercó su boca a la mía y abrió mis labios con su lengua.

Suspiré profundamente y lo besé con los restos de su propio semen en mis labios mientras empujaba su enorme mano entre mis muslos abiertos, buscaba mi clítoris y me torturaba nuevamente frotándolo vigorosamente.

CAPÍTULO 11

Mientras yacíamos juntos, desnudos sobre las toallas en los brazos del otro con el sol comenzando a ponerse, observamos los hermosos colores cambiantes del cielo.

Mientras mis pensamientos me daban vueltas una vez más.

Me encontré pensando en Peter y en los chats que habíamos tenido en línea a través de Skype.

¿Cómo sería él en persona?

¿Sería el próximo?

Y sí es así, ¿cuándo nos encontraríamos?

Recogimos nuestras cosas y volvimos a la habitación.

Nos duchamos juntos mientras le sonreía, sabiendo que luego empacaría para su vuelo temprano por la mañana.

Incapaz de resistir mi sonrisa y mis profundos ojos azules, me atrajo hacia su cuerpo mojado, me besó y dijo:

"Creo que este fin de semana fue genial".

Tuve que estar de acuerdo y respondí:

"Ralph, te he disfrutado inmensamente y ha sido un gran fin de semana".

CAPÍTULO 12

Me despertó a la mañana siguiente con un beso en la mejilla y sus brazos abrazándome fuertemente contra él.

Sonreí y dije suavemente: "Buenos días".

Ralph dijo:

"Buenos días. Odio decirlo, pero tengo que tomar un avión".

Lo besé apasionadamente y le dije:

"Entonces mejor prepárate para irte".

Él sonrió y dijo:

"Un beso y una sonrisa más para mí".

Incapaz de resistir su encanto, sonreí y lo besé nuevamente antes de que él saliera de la cama para prepararse para su vuelo.

***

Ralph estaba ya vestido para su vuelo, guapo como siempre y oliendo de forma embriagadora.

Agarró su maleta, me besó con las manos colocadas suavemente en mis mejillas y se fue hacia el aeropuerto.

Me quedé allí con mi bata de seda, contenta de verlo irse para poder conectarme con Peter.

Sin perder tiempo, saqué mi computadora portátil de mi bolso, y me senté en el escritorio de la habitación de hotel esperando que la computadora se iniciara.

Cogí mi teléfono y volví a encender el timbre de sonido.

Estaba pensando en mandar un correo electrónico a Peter cuando un mensaje instantáneo se activó en mi teléfono.

Era Peter...

FIN

SUMISA
ERIKA SANDERS

Te deseo.

Todo de ti.

De la cabeza a los pies y todo lo demás.

Tu cuerpo, tu mente, tu alma.

Las imperfecciones que odias que yo no.

Amo cada parte de ti, tal como eres.

Especialmente ese culo.

Quiero estar contigo.

Todo el tiempo.

No importa dónde esté.

Mi mente divaga, provocada por un pensamiento o una imagen.

Una canción.

Tus iniciales en una matrícula.

Una simple palabra hablada de pasada que tiene un significado especial para ambos.

Un extraño que lleva el pelo como tú.

Vestido como tú.

Quiero oír tu voz.

Cuando me llamas con tus nombres de mascotas.

Dime que me amas, me extrañas.

Describe cómo fue tu día.

Pregúntame sobre el mío y dame tu opinión.

Comparte lo que estamos haciendo o planeamos.

Incluso lo mundano.

Sedúceme a altas horas de la noche mientras estoy tumbada desnuda en la cama en la oscuridad y tú estás a kilómetros de distancia.

Sé duro conmigo cuando me pongo malcriada y hago pucheros por colgarme el teléfono para dormir o para prepararte para el trabajo.

Quiero ver tu interior abierto por escrito.

Saboreo cada nuevo mensaje y foto.

Reviso las conversaciones pasadas.

Recuerdo que cuando no estamos físicamente juntos, todavía piensas en mí.

Que puede estar ahí con un toque de tus dedos.

Tus palabras son fuertes a pesar de que no hay sonido; me tocan en el fondo, como si me las hubieras dicho directamente al oído.

Quiero comentar mis novelas contigo.

Sugiéreme ideas mientras hacemos una lluvia de ideas sobre la trama y los nombres de los personajes.

Elimina las áreas problemáticas.

Marearte con los comentarios y opiniones de los fans.

Apaciguar mi ira y confusión cuando los lectores sin rostro y sin corazón critican mis historias sin una buena razón.

Y continúo escribiendo otro día con tu ánimo.

Quiero ser domesticada por ti.

Para cocinar y hacer los quehaceres de la casa.

Hacer recados.

Ir a bailar, ver una película y hacer viajes.

Solo acurrúcate y toma una siesta en el sofá en un fin de semana lluvioso.

Llamarme deseoso para hacer el amor bajo montones de mantas en la cama todo el día.

Dormirnos en los brazos del otro por la noche y luego despertarnos uno al lado del otro por la mañana.

Ducharnos juntos.

Tener sexo de reconciliación cuando peleemos.

Quiero ser besada por ti.

Repetidamente.

Tanto con ternura como con brusquedad.

Sabes cómo burlarte de mí.

Satisfacerme.

Despertarme con tus labios, dientes y lengua.

Para hacerme llorar y gemir.

Suplicar.

Mi cuerpo tiembla.

Quiero hacer cosas pervertidas contigo.

Asistir a comidas y eventos.

Hacer amigos en tu estilo de vida.

Participar en juegos sexuales en fiestas.

Descubrir más deseos secretos.

Liberar nuestras inhibiciones.

Explorar nuestros lados más oscuros.

Llevarnos el uno al otro a lo más alto de los máximos y luego consolarnos el uno al otro cuando caemos en el más bajo de los mínimos.

Quiero ser dominada por ti.

Gruñó porque soy tuya.

Haces que mi pulso se acelere y que la respiración se detenga al oír tus órdenes.

Silencioso o brusco, ambas situaciones me hacen sonrojar.

Tengo muchas ganas de que me sujetes contra la pared con tu polla entre mis piernas, presionado contra mi coño.

Que me ordenes follarte ... que venirme solo cuando tú lo digas.

No tengo más remedio que ceder cuando torturas mis oídos, cuello y pechos con tu boca.

O cuando siento tus manos sobre mi cuerpo mientras reclamas lo tuyo.

Mi pecho se hincha de orgullo cuando dices que soy una "buena chica" por hacer lo que quieres.

Quiero estar atado por ti.

Físicamente.

Mentalmente.

Con tus manos, esposas o cuerdas.

Mis muñecas sostenidas en tu agarre por encima de mi cabeza o aseguradas a la cabecera de la cama.

Piernas restringidas, juntas o separadas.

Mis movimientos y reflejos controlados.

Cualquier posibilidad de tocarte eliminada.

Una venda sobre mis ojos para no ver lo que me vas a hacer.

Quiero ser jodida por ti.

Desnuda y abrumada bajo tu cuerpo mientras me arrasas.

Quedarme libre de restricciones sin un toque de ninguno de los dos, usando solo tus palabras para hacerme retorcerme y gemir mientras arruinas mi mente deliciosamente.

O los toques simples y ligeros que has descubierto que me sacan múltiples orgasmos sin importar dónde acaricies mi cuerpo.

Quiero que me utilices.

Ser arrastrada de un sitio a otro a tu antojo.

Abrumada cuando lucho.

Mi trasero desnudo golpeado mientras me sujetabas.

Mis juguetes usados en mí ... por ti.

Tu mano aferrada a mi cabello en la parte de atrás de mi cuello.

Presionando ligeramente sobre mi garganta mientras me miras a los ojos.

Para recordarme quién está a cargo.

Quiero obedecer tus reglas.

Cuando estás fuera de mi alcance, me dan algo en lo que concentrarme.

Están definidas teniendo en cuenta mi mejor interés.

Sé que serás disciplinado en consecuencia si las rompo.

Que confíes en mí para ser honesta contigo cuando te he desobedecido.

Quiero que me consueles.

Acurrucada contra ti cuando estoy a abrumada o tengo un mal día.

Mi cabello acariciado y besado con mi cabeza acurrucada debajo de tu barbilla contra tu pecho.

Calmada por tus palabras y tus brazos a mi alrededor.

Mecida hasta que cese cualquier lágrima.

Quiero cuidarte.

Para abrazarte cuando estás triste, cansado o enfermo.

Seré tu fuerza, alguien en quien apoyarte, porque incluso un Dominante puede tener momentos débiles.

Como tu sumisa, estoy aquí para ti en cualquier situación que me necesites.

Para complacerte o aliviar tu dolor.

Quiero todas estas cosas y más.

Porque soy sumisa de esa manera.

Como tu dominante ...

FIN

www.ingramcontent.com/pod-product-compliance
Lightning Source LLC
LaVergne TN
LVHW091231150826
845673LV00003B/1090

9798230168720